LE CAFÉ,

PROVERBE EN VERS.

« L'opinion toujours sur la raison l'emporte ;
» Lorsque l'une est entrée, il faut que l'autre sorte. »

PARIS,

Chez CORRÉARD, Libraire, au Palais-Royal,
Galerie de Bois ;

ET CHEZ LES MARCHANDS DE NOUVEAUTÉS.

1821.

LE CAFÉ.

LE MAITRE DU CAFÉ, Monsieur D.

LE MAÎTRE DU CAFÉ.

En quoi! c'est vous, Monsieur?

Mr. D.

Oui, mon cher, c'est moi-même.

LE MAÎTRE DU C.

De vous voir bien portant, mon plaisir est extrême.
Qui vous amène ici?

Mr. D.

Parbleu! je viens voter.

LE MAÎTRE D. C.

Vous?

Mr. D.

Oui, je suis ici pour te représenter.

LE MAÎTRE D. C.

J'en suis charmé vraiment, et vous en félicite.
Ils ont en vous, Monsieur, choisi le vrai mérite:
Mais à Paris, je crois, vous arrivez bien tard?

Mr. D.

Oui, tu me vois fâché de ce petit retard,
Mon cher; mais que veux-tu? Chacun a ses affaires.
D'ailleurs, pour arriver, presque tous mes confrères
Laissent à désirer quant à l'empressement,
Et se hâtent toujours tant soit peu lentement.
A tous ces longs délais, moi, je ne puis entendre,
Et pour n'attendre pas, je me suis fait attendre.

LE MAÎTRE D. C.

Fort bien. Et sur quels bancs vous porte votre goût?
Où votera Monsieur?

Mr. D.

Mais l'on vote partout.

LE MAÎTRE D. C.

Pour la droite, je crois, votre esprit s'intéresse ?

Mr. D.

Non.

LE MAÎTRE D. C.

Pour la gauche, alors, il a quelque faiblesse ?

Mr. D.

Mon Dieu, non.

LE MAÎTRE D. C.

Pour le centre ?

Mr. D.

Encore moins.

LE MAÎTRE D. C.

Fort bien.
Mais que voulez-vous donc ?

Mr. D.

Qui, moi ? Je ne veux rien.
Monsieur le président, un très-respectable homme,
M'a dit : Si vous voulez, le collège vous nomme.
Moi, j'ai dit : Volontiers. J'objectai cependant
Que pour parler tout seul, j'avais peu de talent.
— Si ce n'est cela, ce n'est pas un obstacle
(M'a dit le président.) Ce serait un miracle,
Si nous parlions tous bien. Vos poumons sont-ils forts ?
—Très forts.—Et votre voix ?—Très-forte.—Hé bien ! alors
Vous grossirez le chœur que le centre rassemble,
Et vous figurerez dans les morceaux d'ensemble.
Moi, j'ai dit : Volontiers. J'ai quitté ma fabrique :
Elle pourra souffrir de mon rang politique ;

Mais j'y laisse ma femme et mon premier commis,
Qui s'entendent fort bien et sont très-bons amis;
J'arrive, enfin, tout frais par le coche d'Auxerre,
Et je viens illustrer mon nom parlementaire.

LE MAÎTRE D. C.

D'après le beau discours de votre président,
Je devine, Monsieur, sans être pénétrant,
Que vous serez du centre, ou, comme on dit, du ventre?

Mr. D.

Oui? Qu'est-ce donc, mon cher, qu'un orateur du centre?

LE MAÎTRE D. C.

C'est un homme, Monsieur, qui dîne, et crie aux voix,
Et qui n'a pas besoin d'avoir d'avis à soi.
Si le ministre parle, il applaudit, admire,
Couvre avec soin sa voix, s'il ne sait plus que dire;
Quand on rit de sa grâce, il s'agite, il frémit,
Il crie... et ne dit rien quand c'est de lui qu'on rit.

Mr. D.

Cette conduite-là me semble assez chrétienne;
Allons, il se pourra, mon cher, que je m'y tienne.
Je verrais maintenant s'accomplir tous mes vœux,
Si je pouvais ici, par un hasard heureux,
Entendre deux ou trois de Messieurs mes confrères
Discuter devant moi des doctrines contraires.
De ces petits débats, je pourrais profiter,
Et voir à quel parti je me dois arrêter.

LE MAÎTRE D. C.

Eh! tenez : justement j'aperçois dans la rue
Deux nouveaux arrivés que je connais de vue.
Je crois qu'ils vont entrer ici pour se tâter,
Et c'est à vous, Monsieur, de les bien écouter.
Ne remarquez-vous pas au bout de cette salle,
Cet homme à l'air épais, à la mine banale,

Qui, courbé sur sa table, en silence et sans bruit,
Satisfait savamment son immense appétit?
A ce teint de chanoine, et surtout à ce ventre,
Reconnaissez, Monsieur, un orateur du centre.
A l'entretien de ceux que vous voyez entrer,
Sans doute il se joindra bientôt pour digérer.
Je vous laisse avec eux, j'entends que l'on m'appelle.
Je reviens à l'instant, au cas qu'on se querelle.

(Il sort.)

M^r. D.

Et moi, sur leurs discours établissant mon choix,
J'embrasse le parti du plus sage des trois.

MM. U. et L. entrent dans le café; ils se font de grands
saluts à la porte, en se regardant de côté. Ils viennent
se placer à la même table, et M^r. D. s'assied à une
autre, voisine de la leur.

M^r. D., à part.

Attaquons le premier.

(Haut, en offrant du tabac à M^r. L., dans sa
tabatière ouverte.)

Monsieur en prend, sans doute?

M^r. L., remuant son sucre dans sa demi-tasse.

Non, merci.

M^r. D. les examinant.

Les voilà qui se tâtent; j'écoute.

M^r. U. à M^r. L.

Sans trop de hardiesse et d'indiscrétion,
Ne pourrais-je à Monsieur faire une question?

M^r. L. à M^r. U.

Sans que la liberté dût lui sembler trop grande,
Puis-je faire à Monsieur moi-même une demande?

M^r. U.

tes-vous député?

M^r. L.

Vous, Monsieur, l'êtes-vous?

M^r. U.

Je le suis.

M^r. L.

Moi de même.

M^r. U.

Alors, embrassons nous.

(*A part.*)
L'embrasser, malheureux! sans savoir comme il pense.
Il faut être prudent quand on est en présence.
(*Haut.*)
Monsieur est militaire?.. avocat?.. président?...
Juge ?

M^r. L.

Non, je ne suis qu'un humble commerçant.

M^r. U.

Moi, je suis substitut, Monsieur.

M^r. L.

Grand bien vous fasse.

M^r. U., *à part.*

Au mot de substitut, il a fait la grimace.
(*Haut.*)
Suivons. Du grand conseil, Monsieur pense-t-il bien?

M^r. L.

Le grand conseil est fou.

M^r. U., *à part.*

Cela ne m'apprend rien.

(*Haut.*) Monsieur, pour le Monarque est-il aussi sévère?

M^r. L.

J'admire en lui le Prince et je chéris le père.

M^r. U., *hésitant.*

Et.... sur la Charte, enfin, puis-je avoir votre avis?

M^r. L.

Je ne suis pas du tout, Monsieur, de ses amis.

M^r. U.

Venez donc m'embrasser, cher et brave confrère ;
J'avais bien deviné que vous sauriez me plaire !

M^r. L.

Suspendez ces transports : j'ai mal parlé, je crois.
Cette Charte, Monsieur, je l'aimais autrefois ;
Quand son éclat brillait d'une clarté prospère ;
Quand, sous sa tendre égide, un accord tutélaire
Promettait au Français, si long-temps tourmenté,
Les tardives douceurs de la tranquillité !
Alors nous l'aimions tous : pleins d'une douce ivresse,
Nos vœux accompagnaient son aimable jeunesse,
Et d'amour, de bonheur, de joie et de plaisir,
Nos rêves à l'envi composaient l'avenir.
Ces beaux jours sont passés, grâce à votre sagesse.
Eh bien ! je ne vois plus ces transports d'allégresse !
Pour moi déjà, Monsieur, ne sentez-vous plus rien ?

M^r. U.

Pour avoir ma tendresse, il faut qu'on pense bien.

M^r. L.

Moi, je pense fort mal.

M^r. U.

J'ai su le reconnaître.

M^r L.

Monsieur est pénétrant !

M^r. U.

Autant que vous, peut-être.

M^r. L.

Oui ? Je ne me tiens pas pourtant pour condamné.

M^r. U.

Vous me verrez au poste....

M^r. L. *l'interrompant.*

A l'heure du dîné.

Mr. U.

Je vous confondrai tous....

M^r. L.

Par quelque bonne injure.

M^r. U.

Et saurai vous répondre....

M^r. L.

En criant la clôture !

M. U.

En criant la clôture ! Enfin vous y voilà !
Depuis une heure au moins j'attendais ce mot-là.
Je vous reconnais bien. Nous autres pauvres diables,
Nous ne saurions lier quatre phrases passables ;
Vous, maîtres en cet art, instruits dans ses détours,
Vous seuls réunissez dans vos heureux discours,
Habiles Cicérons, foudroyans Démosthènes,
L'élégance de Rome et la force d'Athènes !
Aussi, vous ne sauriez jamais parler assez !
Toujours de la tribune on vous défend l'accès !
Pour vos plus sots discours, vous voulez du silence ;
Il faut, bon gré, mal gré, goûter votre éloquence ;
Dût Cicéron gémir de vos pâles essais,
Nous sommes obligés de les trouver parfaits :
Aux murmures qu'arrache une juste critique,
Votre amour-propre trouve un motif politique ;
Et quand un orateur de vos rangs est sorti,
Nous ne saurions bâiller sans esprit de parti.
De soudaines terreurs, éclatant en grimaces,
Vous font voir cent périls attachés à vos traces :
Vous vous attendrissez sur votre propre sort ;
Il semble, en nous parlant, que vous braviez la mort ;
Vous êtes des héros, des martyrs, des victimes,
Vous voyez sous vos pieds s'entr'ouvrir des abîmes ;
Ce serait un prodige, et des plus surprenans,
Si de nos mains, un jour vous échappiez vivans ?
Un orateur de gauche incessamment querelle ;
Vient-on l'interrompre, il crie de plus belle ;

Surpris de s'être vu troubler dans son essor,
Il s'en plaint longuement ; pourquoi ? pour l'être encor.
Car n'imaginez pas qu'aisément l'on nous trompe ;
Ce n'est pas franchement qu'il craint qu'on l'interrompe,
Et de ne l'être pas il serait irrité ;
En peu de mots, voilà votre côté.

M^r. L.

Exerçant son génie à l'adresse et la brigue,
Combattant par le nombre et croissant par l'intrigue,
Dans l'ombre et le silence ourdissant ses desseins,
Par cent détours divers s'avançant à ses fins,
Tantôt superbe et fier, et tantôt bon apôtre,
Avide, ambitieux, rusé ; voilà le vôtre !
Nous craignons un silence invoqué tous les jours.
Eh bien ! confondez-nous, en l'observant toujours !
Mais de la vérité, la voix fière et puissante
Sèmerait dans vos rangs le trouble et l'épouvante ;
Mais nos discours vainqueurs, méconnus aujourd'hui,
Vous laisseraient alors sans force et sans appui.
Vous discutez d'ailleurs avec impatience
Des projets dont le sort vous est connu d'avance :
Étant les plus nombreux, vous êtes les plus forts,
Vous riez à coup sûr de tous nos vains efforts,
Et puis, pourquoi répondre ? Il est une méthode
Plus certaine sans doute, et surtout plus commode :
Quand nos longs argumens sont enfin achevés,
Vous rétorquez alors par assis et levés.
Vous voudriez pourtant, à force de souffrance,
A force de dégoût, nous réduire au silence.
Forcenés, dangereux, sans foi, conspirateurs,
Du repos de l'État ardens perturbateurs,
Faisant de noirs complots une immense récolte,
Ouvriers d'anarchie, artisans de révolte,

Il n'est pas de forfaits, il n'est pas de noirceurs,
Que l'on ne doive un jour craindre de nos fureurs!
Un crime se commet; c'est nous qu'en en accuse;
Mais on se sert encor de finesse et de ruse,
Vous ne nous frappez pas en face et sans détours,
Car nous pourrions alors repousser vos discours;
A toutes vos noirceurs on nous verrait répondre,
Et vous savez trop bien qu'on pourrait vous confondre.
Pour courir ces périls, vous êtes trop prudens,
Vos traits accusateurs sont cruels, accablans;
Mais pour mieux nous blesser, votre adroite science
Les entoure d'un voile et d'un demi-silence:
On parle à la sourdine, on murmure tout bas,
Sans rien craindre, à son but on marche pas à pas;
Le trait long-temps serpente autour de la victime,
Il tournoye, il circule à la voix qui l'anime;
Il est assez direct pour qu'on en soit blessé,
Il ne l'est pas assez pour être repoussé;
Vous savez nous forcer, outre notre souffrance,
A la nécessité de souffrir sans vengeance;
Puis, vous applaudissant de cet effort savant,
Vous savourez alors notre double tourment:
Nous sommes les jouets de vos rares finesses:
Nous prodiguant parfois de subites tendresses,
Vous donnez à vos voix un accent emprunté,
Vous faites comme nous parler la vérité,
Mais votre avis long-temps ne se joint pas au nôtre;
Vous parlez dans un sens et vous votez dans l'autre:
Il est certains coups d'œil, partis de certains bancs,
Qui font du blanc au noir tourner vos sentimens.
Vous outragez ainsi de trop francs adversaires,
Et vous osez encor vous nommer nos confrères!
Au lieu d'un temple auguste et d'un saint tribunal,
Nous n'offrons aux regards qu'un sénat infernal,

Où la voix du désordre incessamment murmure,
Où mugissent sans frein, et l'insulte, et l'injure.
La France cependant, devinant ses malheurs,
Baisse en nous entendant des yeux chargés de pleurs,
Et, voyant nos mépris pour un peuple qu'elle aime,
Son courroux nous attend au tribunal suprême!

M^r. U., *prenant une prise de tabac.*
Tout cela, je le vois, vous fâche?

M^r. L.
Au dernier point.

M^r. U.
Tant pis, nous sommes forts, et vous ne l'êtes point.

M^r. L.
Ah! voilà donc enfin, Monsieur, de la franchise!
J'aime qu'avec candeur, au moins on se conduise.

M. U.
Raillez. On doit au faible accorder quelques traits.
Quant à moi qui suis fort, j'écoute et je me tais.

M^r. L., *riant.*
Des traits, Monsieur, des traits pour répondre à la force:
Vous ne nous laissez là qu'une bien mince amorce.
Au reste, votre force a droit de vous charmer,
On n'aurait pas songé, sans elle, à vous nommer.

M^r. U.
Je suis reconnaissant de cette politesse.

M. L.
Du tout. Ce n'est qu'un trait permis à ma faiblesse.

M^r. U.
Mauvais. J'ai cent amis.

M. L.
Que vous ne voyez pas.

M^r. U.
Dont j'ai les noms, parbleu!

M. L.
J'entends. Dans l'Almanach.

(13)

Mr. U.

Qui m'aiment tendrement.

M. L.

Lorsque la faim les presse.

Mr. U.

Et dont j'obtiens les voix.

M. L.

A quatre dîners pièce.

Mr. U.

Savez-vous quel je suis avec les insolens ?

Mr. L.

Savez-vous comme un sot passe avec moi son temps ?

Mr. D., *à part, et remuant sa chaise.*

De l'aigreur ! des éclats !

Mr. U., *à* Mr. L.

Un fat !

Mr. L., *à* M. U.

Un imbécile !

Mr. D., *à part.*

Des personnalités !

Mr. U., *de même.*

Qui m'irrite la bile.

Mr. L., *de même.*

Qui mérite, à coup sûr, trois cents coups de bâton !

Mr. D., *à part.*

Des menaces ! J'y cours !

(*Il se met entre M*r. *U. et M*r. *L.*)

Mes chers Messieurs, pardon.

Faites-moi l'amitié d'être plus raisonnables.

Mr. U.

Laissez-nous en repos !

Mr. L.

Allez à tous les diables !

M^r. D. , *à part.*

Voyons l'autre.

(*Il va vers* M^r. V. , *qui depuis le commence-*
ment de la Scène, n'a pas levé les yeux de
dessus son assiette.)

Monsieur, vous êtes député?

M. V., *portant une main à sa bouche , et lui fai-*
sant signe de l'autre.

Oui , Monsieur.

M. D. , *éloignant les plats.*

Mettez donc ce poulet de côté.

M. V. , *ramenant le plat.*

Deux ou trois coups de dent encore , et je le laisse.

M^r. D.

Deux ou trois coups de dent ! Mais , Monsieur, le temps presse.
Je viens vous inviter....

M^r. V. , *se tournant tout-à-coup vers lui.*

A dîner ?

M^r. D. , *étonné.*

Non.

M^r. V. , *se remettant à manger.*

Tant pis.

M^r. D. , *stupéfait.*

Tant pis !

M^r. V. , *mangeant toujours.*

C'est le dîner qui fait les vrais amis.

M^r. D.

Morbleu !

M^r. V. *l'interrompant, et ployant sa serviette.*

Dispensez-vous de vous mettre en colère.

Je ne m'emporte pas, Monsieur, quand je digère.

M^r. D.

Eh ! laissez là , parbleu , votre digestion.
Voulez-vous séparer , vous qui paraissez bon ,
Ces hommes se parlant d'une étrange manière

M^r. V.

Des députés ! Allons, prenons-les par derrière.

(*Aux députés.*)

Ah ! je rougis pour vous de ces éclats honteux ;
Ce spectacle est cruel , pénible , douloureux.

M^r. D. , *à part.*

Bien.

M^r. V. , *continuant.*

Quoi ! des députés , des amis , des confrères ,
Se battre en un Café , pourquoi ? pour des misères !

M^r. D. , *à part.*

Fort bien !

M^r. U. , *à* M^r. V.

Mais il me blesse , il blesse mes amis.

M^r. L.

Il outrage les miens.

M^r. V.

Misères , je vous dis.
Il siége sur un banc, vous siégez sur un autre ;
Il défend son parti , vous défendez le vôtre ;
Restez-en là , c'est bien. Point de fâcheux éclats ,
Criez, si vous voulez , mais ne vous battez pas.
A quoi bon ces transports , cette fureur extrême ?
Faut-il se déchirer pour ne pas voir de même ?
Croyez-moi, mes amis , on peut sur tous les bancs
Etre probes , sans fiel , justes et bonnes gens.

M^r. D., *à part.*

A merveille !

Mr. V, *continuant.*

Quittez ces rages si cruelles,
Observez des égards jusque dans vos querelles,
Prenez cela sur vous ; faut-il donc tant d'efforts
Pour vaincre et maîtriser tous ces fougueux transports ?
Moi, je suis calme, doux ; jamais je ne m'irrite ;
Je dois tout mon bonheur, Messieurs, à ma conduite :
De vous la conseiller vous voyez si j'ai lieu.

Mr. D., *avec transport.*

Mon choix est décidé, me voilà du milieu !

Mr. V., *continuant.*

L'opinion toujours sur la raison l'emporte :
Lorsque l'une est entrée, il faut que l'autre sorte.

Mr. U.

Vos discours sont fort beaux, mais mon avis est bon.

Mr. L.

Vous parlez à ravir, mais, Monsieur, j'ai raison.

Mr. V.

Vous avez tort tous deux ; votre faute est la même.

Mr. U.

J'ai soutenu, Monsieur, à la Chambre, à lui-même,

(*Il montre M. L.*)

Je lui soutiens encore, et je lui soutiendrai
Que la droite elle seule, au suprême degré,
Possède les vertus, les talens, la science,
La probité, l'honneur, et surtout l'éloquence.

Mr. L.

Moi je dirai, j'ai dit, et je dis maintenant
Que la gauche elle seule est un côté pensant ;
Qu'elle seule possède esprit, talent, prudence,
Et qu'elle seule enfin est digne de la France.

M^r. V.

Et que ferez-vous donc du centre, s'il vous plaît !
Je vous trouve plaisans : vous venez, sans sujet,
De louanges sans fin vous combler l'un et l'autre,
Lorsque vos deux côtés ne valent pas le nôtre !
Si vous prenez pour vous l'esprit et le talent,
Mais que serai-je donc, Messieurs, en attendant ?

M^r. U.

Quelque plat courtisan, gibier de ministère.

M^r. L.

Ou plutôt quelque sot, comme à votre ordinaire.

M^r. V.

Insolens !

M^r. D., *à* M. V.

Arrêtez, Monsieur ! souvenez-vous
Que vous êtes toujours modéré, calme et doux.

M^r. U.

Allez au ministère étaler votre étoffe.

M^r. L.

Allez, sage de table et ventru-philosophe.

M^r. V.

Ventru, ventru, Messieurs ; qu'est ce à dire, ventru !
Eh bien ! oui, je le suis. J'ai bien mangé, bien bu !
Mais si je n'ai rien fait pour servir la patrie,
Du moins en bien vivant, je ne l'ai pas trahie.
C'est vous, Monsieur l'Ultra, qui maintenant encor
Cherchez aux yeux de tous à vous donner ce tort.
Vous criez hautement contre le ministère.
A ces bons libéraux vous désirez complaire.
Mais par ces vains éclats, nous ne serons pas pris :
On mettra tôt ou tard votre silence à prix.
Messieurs, nous ne saurions redouter vos grimaces :
Vous avez les talens, mais nous avons les places.

Ultras et Libéraux, vous voulez nous chasser :
Pourquoi le voulez-vous ? c'est pour nous remplacer.
Vos efforts seront vains ; alors, autre manœuvre :
Les libéraux tiendront ; ils mettront tout en œuvre
Pour faire triompher leurs vœux et leurs desseins ;
Mais, Messieurs, les Ultras, qui sont beaucoup plus fins,
Etoufferont leurs cris, calmeront leur colère :
Les choses reviendront à leur train ordinaire,
Et telles lois enfin qu'on blâme en ce moment,
Passeront tout d'un coup sans qu'on sache comment.

Mr. U.

Vous avez composé ce beau discours à table ?

M^r. V.

A table ou non, Monsieur, il est fort raisonnable.

M^r. L.

Raisonnable, pas trop, mais raisonneur, beaucoup.

M^r. V.

Vous me jugez, Messieurs, en personnes de goût.

M^r. U.

Mais sans l'être beaucoup plus que vous, l'on peut l'être.

M^r. V.

Au ton dont vous raillez, on sait le reconnaître.

M^r. U.

Parbleu ! mon cher ami, vous le prenez bien haut.

M^r. L.

Parbleu, mon cher ami, vous êtes un grand sot.

M^r. V.

Allez, Messieurs les fats, arlequins de la Chambre.

M^r. L.

Allez, vil complaisant.

Mr. U.
Orateur d'antichambre.

M*r*. D., *à* MM. U. *et* L.

Messieurs !

M*r*. V., *aux mêmes.*

Allez, marauds !

M*r*. D., *à* M. V.

Monsieur !

M*r*. V.

Allez, pédans !

M*r*. U.

Allez goûter vos plats.

M*r*. L.

Allez flatter vos grands !

M*r*. D., *à* MM. U. *et* L.

Messieurs des deux côtés !

M. V.

Ma rage se concentre,

Je ne puis plus parler !

M*r*. D., *à* M. V.

Monsieur l'homme du centre !

M*r*. U.

Si je ne me retiens.....

M*r*. V.

Si je suis mon courroux.....

M. L.

Si je me livre au mien.

M*r*. V.

Si je me mets sur vous......

M. U.

Je parlerai d'un ton......

M*r*. V.

Je répondrai de sorte......

M*r*. D.

Eh ! Messieurs ! au secours ! il faut chercher main forte.

LE MAÎTRE DU CAFÉ, *arrivant.*
Qu'est-ce? quoi? qu'avez-vous? que veut dire ce bruit?
(*Il voit les Députés, et les sépare.*)
Ah! Messieurs, s'il vous plaît, daignez sortir d'ici,
Pour vous battre à loisir la Chambre est assez grande.
Respectez mon Café: c'est ma seule demande.

(*Les Députés sortent.*)

LE MAÎTRE DU CAFÉ, *à Mr. D.*
Eh bien! à quel parti vous range la raison?

Mr. D.
Adieu, je vais donner......

LE MAÎTRE DU CAFÉ.
Quoi?

M. D.
Ma démission.

FIN.

Imprimerie de Madame Veuve PORTHMANN,
rue Sainte-Anne, n°. 43.